Le meurtre fleurit à la foire

Un mystère Little Firling – Livre deux

par Belinda Chavremootoo

Dédicace

Pour chaque chat qui a déjà résolu un mystère tranquillement avant que les humains ne le fassent.

À propos de l'auteure

Belinda écrit de charmants romans policiers remplis de secrets de bord de mer, de portes de jardin et de chats qui connaissent toujours la vérité. Lorsqu'elle n'est pas en train de comploter des crimes fictifs, on peut la trouver dans son propre jardin où l'odeur terreuse de la terre et le doux bruissement des feuilles sont une source d'inspiration. Ses deux chats supervisant le tout avec un jugement serein.

Table des matières

Prologue

Le premier meurtre a eu lieu dans un brouillard marin et s'est terminé par une paire de bottes boueuses et une bouteille de sirop de fleur de sureau. Little Firling ne s'était jamais tout à fait remis – ni du corps, ni de la façon dont Annabel Lennox Deighton, professeure de littérature à la retraite, et son chat Perséphone, légèrement psychique, ont découvert la vérité avec des outils de jardinage, une intuition aiguisée et une tolérance alarmante pour les questions curieuses.

Aujourd'hui, le printemps est de retour. Les perce-neiges fleurissent, la foire se déroule, et une fois de plus, tout n'est pas aussi sucré que la tente de confiture.

Chapitre 1

C'était le genre de matin de printemps qui rendait tout tranquillement possible.

La brume marine s'attardait encore sur Little Firling, adoucissant les haies et les toits d'ardoise, comme si le village avait été dessiné au crayon, puis brossé avec de l'eau. Dans le jardin arrière de Honeystone Cottage, les perce-neiges hochaient la tête modestement, leurs têtes blanches tombant comme des invités timides arrivant trop tôt à une fête. À proximité, une dispersion d'hellébores apparaissait, aux tons rougis et légèrement échevelés, prospérant dans la terre froide comme s'ils étaient là depuis plus longtemps que le chalet lui-même.

Annabel Lennox Deighton s'agenouilla à côté d'un carré de romarin, ajustant ses tiges inégales avec une précision délicate. Elle portait son vieux pull de jardinage – celui avec les coudières et les légères taches de curcuma d'une expérience de ragoût marocain – et un bandeau en laine que Perséphone, son élégant chat de Bombay, avait déjà essayé de voler deux fois.

Au-dessus d'elle, le rosier grimpant New Dawn avait commencé sa première tige droite – des feuilles aux pointes bordeaux se déployant comme un prélude à une symphonie estivale qui ne s'était pas encore tout à fait composée.

« Ambitieux, » murmura Annabel en regardant les nouvelles pousses. « Surtout si l'on considère que nous avons eu un gel mardi dernier. »

Perséphone, perchée sur le mur du jardin comme une gargouille féline, ne donna pas d'avis. Sa fourrure noir brillant scintillait dans la lumière pâle alors qu'elle plissait ses yeux dorés en observant un écureuil qui tentait des acrobaties sur la mangeoire à oiseaux.

Annabel sourit faiblement. « Au moins, quelqu'un ici est concentré. »

Elle se redressa avec un doux gémissement et examina son royaume – un Eden légèrement chaotique avec des rêves de grandeur.

Cette année, elle avait des projets.

La rose Desdemona – avec ses pétales rougis de pêche et un parfum de poésie et d'abricot – passait par la porte de la cuisine. La rose thé hybride Double Delight, d'une beauté scandaleuse avec des pétales aux pointes cramoisies s'estompant jusqu'à des centres crémeux, était destinée à la porte. Et si elle pouvait retrouver un spécimen sain de Madame Hardy, avec ses fleurs d'un blanc pur et ses yeux verts ? Elle lui donnerait le meilleur endroit au soleil.

Et le carré d'herbes aromatiques ?

Également dû à une mise à niveau.

Elle avait flirté avec l'idée de la coriandre vietnamienne, peut-être même du shiso, si elle pouvait convaincre la pépinière locale qu'elle n'essayait pas de cultiver des « mauvaises herbes exotiques ». Du fenouil bronze, de la citronnelle, peut-être même quelques feuilles de combava dans un pot, juste pour le spectacle. Le genre de choses qui lui donnaient envie d'attraper un pilon et un mortier.

Son défunt mari, Michael, avait l'habitude de la taquiner : « *Tu collectionnes les herbes comme certaines personnes collectionnent les timbres, ma chérie.* »

Mais il nettoyait toujours son assiette.

Ces années qu'ils ont passées à voyager – des marchés étroits à Istanbul, des charrettes de fleurs au Maroc, une maison d'hôtes au Kerala où une femme lui a appris à faire sept sortes de chutney – ces saveurs vivaient encore dans le muscle de sa mémoire. Sa cuisine était maintenant un étrange mélange de souvenirs et d'humeurs.

Elle voulait que son jardin reflète cela. Plus que des rangées bien rangées. Plus que des fleurs polies.

Elle voulait de la sauvagerie. Parfum. Nourriture. Couleur. Drame.

Peut-être un peu trop.

Mais là encore, peut-être pas assez.

***

En fin de matinée, le parc herbeux du village était en pleine floraison.

Des banderoles voltigeaient au-dessus des têtes, zigzaguant à travers les étals comme des rubans sauvages, tandis que l'odeur des scones, de l'herbe humide et du terreau se mélangeait en quelque chose d'indubitablement anglais et légèrement chaotique.

La foire annuelle de jardinage de Little Firling avait attiré une foule animée : vestes en tweed et robes à fleurs, bambins au visage peint, labradors en bandanas et plus d'une personne berçant une citrouille primée comme s'il s'agissait d'un nouveau-né.

Annabel ajusta la bretelle de son sac à bandoulière et observa la scène comme si elle se préparait à la bataille.

« Rappelle-moi, dit-elle platement, comment j'ai accepté d'être ici à nouveau ? »

À côté d'elle, Evie Barnes, sa voisine et sa meilleure amie, sirotait d'un thermos étrangement floral. « Parce que tu aimes les plantes, tu es compétitive et, au fond, tu aimes les potins du village autant que moi. »

« C'est un mensonge. »

« C'est un *mensonge exact*. »

Perséphone, trottinant fièrement en avant sur son harnais rouge (à la mode et profondément ressentie), s'arrêtait tous les quelques pas pour recevoir des éloges, de l'attention et une friandise occasionnelle au saumon fumé de la part des passants.

« Elle est plus célèbre que moi, » marmonna Annabel.

Evie ne leva pas les yeux. « Elle a de meilleures pommettes. »

***

La foire s'étendait dans toutes les directions :

Un étal d'échange de plantes, où trois retraités se disputaient tranquillement à propos d'un lupin mal étiqueté.

Une tente à thé avec une longue file d'attente et une urne argentée qui sifflait comme si elle faisait des heures supplémentaires.

Une table remplie de savons faits à la main avec des noms comme « *Méditation au basilic* » et « *Joie du géranium* ».

Et au centre de tout cela, la scène principale, où le Dr Alistair Forsyth se tenait en train de discuter avec le président du conseil du village tout en sirotant une gorgée de sa tasse en porcelaine familière.

Il avait exactement l'air d'un médecin de village : calme, ordonné et vaguement paternel. Mais quelque chose dans la colonne vertébrale d'Annabel picota.

« Moins de cinq minutes, » a dit Evie. « Place tes paris sur combien de temps avant le premier scandale. »

Annabel a ouvert la bouche pour répliquer – et la foire a tenu ses promesses.

***

Un cri s'éleva de la tente de floraison compétitive.

Florence Cattermole, redoutable en compositions florales, regardait Ivy Gresham, qui se tenait froidement derrière son étal d'herbes dans une robe portefeuille en lin et des boucles d'oreilles qui tintaient comme des carillons d'agression passive.

« Tu vends des mensonges en bouteilles, Ivy, » dit Florence d'un ton sec. « Et appeler ça médecine. »

« Et tu vends de l'amertume dans des pots, » a répondu Ivy, « et tu appelles cela chutney. »

Plusieurs villageois ont eu le souffle coupé. Quelqu'un a laissé tomber un sac de terreau.

« Mesdames, » a dit nerveusement le juge de la confiture, « s'il vous plaît. Pas devant les soucis.

Florence renifla, jeta un coup d'œil à Perséphone – qui cligna impérieusement des yeux – et s'éloigna dans un souffle qui sentait vaguement la verveine.

Evie murmura : « Ivy gagne cette manche. »

***

Près de la tente à thé, Henry Radcliffe, une canne dans une main, la fureur dans l'autre, désignait sauvagement une feuille d'inscription pour une « promenade de bien-être ».

« Oh, il a le culot de promouvoir la *santé*? Cet homme m'a donné un mauvais diagnostic et une colonne vertébrale ruinée. »

Sa voix résonna dans la fête foraine, faisant taire un solo de flûte à bec à proximité.

Margaret Coombes, essayant désespérément de rester neutre, posa une main sur son bras.

— Henry, pas maintenant...

« Quand alors ? Après un autre de ses discours suffisants ?

Annabel attira l'attention d'Evie. « Deuxième scandale. C'est deux en cinq minutes.

« Les villageois se réchauffent, » murmura Evie. « Jusqu'au moment où nous seront à la tomate primée, quelqu'un va lancer une fourchette. »

***

Pendant ce temps, Colin Denby, vêtu de son habituel manteau de campagne et d'un regard de mille mètres, se tenait exceptionnellement immobile près de l'exposition d'abeilles. Il se pencha légèrement vers Perséphone, qui s'était postée à côté d'une plante de mélisse comme si elle en était la propriétaire.

« Tu le sens aussi, n'est-ce pas ? » murmura-t-il, les yeux écarquillés. « Quelque chose ne va pas cette année. Des choses qui poussent là où elles ne devraient pas. Les gens en disent trop. »

Perséphone se lécha la patte.

Annabel leva un sourcil. « Pensons-nous qu'il parle à tous les chats comme ça ? »

Evie sirota son thé. « Seulement à ceux qui sont perspicaces. »

***

Juste au moment où la tension atteignait un frémissement poli, le micro crépita.

Le Dr Forsyth est monté sur scène, des notes dans une main, une tasse de thé dans l'autre.

« Mesdames et messieurs, » a-t-il dit avec un sourire. « Merci à tous d'être venus à la foire du jardin de Little Firling de cette année... »

Le thé d'Annabel s'arrêta à mi-chemin de ses lèvres.

Perséphone se retourna pour faire face à la scène, battant la queue une fois.

Evie se pencha. « C'est trois. Quelque chose arrive.

« En moins de cinq minutes, » murmura
Annabel.

Chapitre 2

C'est arrivé si vite qu'au début, personne n'a bougé.

Le Dr Alistair Forsyth était à mi-chemin de ses remerciements aux bénévoles de la Société de lotissement Firling lorsqu'il s'est arrêté – une légère et étrange contraction de l'épaule gauche. Puis il toussa. Deux fois. Un son étrange et creux qui résonnait maladroitement dans le micro.

Il tendit la main vers le pupitre.

Puis sa tasse glissa de sa main et tomba, se brisant sur la scène dans un éclat de porcelaine qui fit hurler une femme près de la tente de confiture.

Le temps d'une respiration, cela n'a semblé rien de plus qu'un faux pas – un simple trébuchement, un moment maladroit au milieu d'un discours que personne n'écoutait particulièrement.

Mais ensuite, il s'est effondré, s'effondrant comme une tige de tulipe brisée.

À plat sur le dos.

Inerte.

***

Des halètements ont traversé la foule. Un enfant a crié. Quelqu'un a laissé tomber un plateau de meringues.

Evie se raidit à côté d'Annabel. « Merde. »

Annabel était déjà en train de bouger. Ses instincts, aiguisés par le dernier meurtre qui avait perturbé leur vie tranquille, piquaient comme de l'électricité statique.

Elle atteignit la scène juste au moment où Margaret Coombes se frayait un chemin, les yeux écarquillés et frappés. « Alistair ? Oh, mon Dieu, Alistair ?

Mais elle ne l'a pas touché.

Parce que même elle pouvait voir – il était déjà parti.

Annabel s'accroupit, deux doigts sur le côté du cou, à la recherche d'un pouls qu'elle savait ne pas être là. Sa peau était déjà en train de se refroidir. Un léger anneau d'écume s'accrochait au bord de sa lèvre. Ses yeux, ouverts et voilés, ne fixaient rien du tout.

Elle les ferma doucement.

***

Derrière elle, des voix commencèrent à s'élever comme une bouilloire sur le point d'exploser.

« Que s'est-il passé ? »

« Est-ce un accident vasculaire cérébral ? »

« Appelez le Dr Graves ! »

« — Non, il n'est pas ici, il est à l'hippodrome avec... »

« A-t-il mangé la salade de poulet ?! Je *leur ai dit* de ne pas mettre ça au soleil... »

Annabel les écouta. Au lieu de cela, elle regarda la petite tasse de thé brisée à côté de la main de Forsyth. Quelques gouttes de thé scintillaient encore sur le sol de la scène.

Puis elle l'a senti.

Une petite poussée.

Perséphone avait bondi à côté d'elle, élégante et totalement concentrée, reniflant l'air avec ses oreilles en arrière.

Elle émit un grognement sourd – un son doux et étrange – puis s'assit lentement, avec insistance, à côté de la tasse brisée.

***

Evie est arrivée quelques secondes plus tard, essoufflée. « Est-ce qu'il... ? »

Annabel hocha la tête une fois.

Evie expira entre ses dents. « Tu ne penses pas... ? »

« Je ne sais pas ce que j'en pense. Encore.

***

Une agitation à l'arrière de la foule a fait tourner toutes les têtes.

S'élançant vers la scène, vêtu d'un manteau de tweed trop large et de bottes à moitié lacées, un homme d'une cinquantaine d'années, les cheveux flottants sauvagement, des lunettes de soleil perchées comme une réflexion après coup sur sa tête.

Il s'arrêta net quand il vit la silhouette immobile.

« Oh mon Dieu. Oh *mon Dieu.* »

Graham Forsyth.

Le frère d'Alistair.

Et, selon la rumeur, son plus grand regret.

***

La voix de Margaret fendit le silence. « Où étais-tu ? »

Graham la regarda, les yeux rouges. « Je... je ne savais pas qu'il allait... il allait *bien*. Nous avons parlé hier.

« Tu pues la bière, » a-t-elle rétorqué. « Il t'a demandé de ne pas venir aujourd'hui. »

« Je... je pensais que je le surprendrais...

Evie marmonna dans sa barbe : « Eh bien. Mission accomplie.

Annabel jeta un coup d'œil entre eux. Le chagrin avait l'air réel... Mais là encore, le chagrin l'a souvent fait.

***

La foire s'était dissoute dans une spéculation bourdonnante. Quelques villageois pleuraient. Certains criaient. Florence Cattermole organisait déjà un plan de contrôle des foules près de la tente à thé. Quelqu'un avait apporté une couverture vichy pour couvrir le corps, mais Annabel a insisté pour que le corps ne soit pas touché.

« C'est une scène de crime maintenant, » a-t-elle dit doucement.

La tête de Graham se tourna vers elle. « Quoi ?! Qu'entendez-vous par scène de crime ? C'était une crise cardiaque, n'est-ce pas ? Je veux dire... Alistair avait... Il avait *des problèmes de tension artérielle*, n'est-ce pas ? »

Margaret tressaillit.

Le regard d'Annabel se rétrécit. « L'avait-il ? »

Il y a eu une pause.

Puis Margaret a dit, très calmement : « Plus maintenant. »

***

Quelques minutes plus tard, Sasha Eldridge est apparue au bord de la foule, essoufflée et pâle.

« Devrions-nous appeler le nouveau médecin ? Dr Graves ?

Evie leva un sourcil. « N'a-t-il pas été invité à la foire ? »

Sasha s'agita. « Il a dit qu'il ne le faisait pas vraiment... faire des événements. Il aime rester seul. »

Margaret renifla brusquement. « Au moins, il est *constant*. Contrairement à Graham. »

Annabel se retourna. « Que voulez-vous dire ? »

La bouche de Margaret se resserra. « Il était censé être aux courses. Alistair lui a dit *spécifiquement* de ne pas venir aujourd'hui. »

Et juste au bon moment, Graham Forsyth fit irruption à travers la foule, rouge, les yeux écarquillés, son manteau coincé à mi-chemin, et sentant indubitablement la bière et la panique.

« Qu'est-ce qui s'est passé ?! »

Margaret se retourna vers lui comme une lame. « Où étais-tu ?! »

« Je... je ne savais pas. Il allait *bien* hier. Nous avons parlé ! » balbutia Graham.

« Tu n'étais pas censé être ici. »

« Je suis venu pour arranger les choses. »

Evie a marmonné : « Un peu tard pour ça. »

Avant que quiconque ne puisse répondre, Perséphone laissa échapper un trille grave – pas tout à fait un miaulement, pas tout à fait un grognement – alors qu'elle fixait Sasha.

Sasha recula d'un pas. « Quoi ? Ce n'était pas moi ! »

Perséphone cligna lentement des yeux. Comme si elle n'était pas *convaincue.*

***

Quelques minutes plus tard, l'agent de police Tom Oakes est arrivé, troublé et essoufflé, probablement appelé d'un vol de vélo à faible enjeu qui avait été sa seule tâche aujourd'hui.

Margaret expliqua la situation rapidement, la voix cassante.

Tom se gratta la tête. « Alors... C'est peut-être du poison ? »

Annabel regarda vers la tasse de thé.

« Je pense, » a-t-elle dit, « que nous devons garder cette tasse. »

« Et le thermos, » ajouta Evie.

« Et *tous ceux qui ont touché quoi que ce soit près de lui,* » a terminé Annabel.

Tom soupira. « Nous devrons demander à certains... des questions. »

Graham laissa échapper un son étranglé. « Vous ne suggérez pas que j'ai quelque chose à voir avec ça... »

« Personne ne suggère quoi que ce soit, » dit doucement Annabel. « Mais Alistair ne va pas expliquer ce qui s'est passé. Donc, quelqu'un d'autre devra le faire. »

***

Plus tard, alors que la foule se dispersait lentement, Perséphone s'est perchée sur le bord de la scène, regardant les dernières bannières de la foire flotter dans la brise.

Un pétale blanc de roses, venant de la tente, flottait devant elle.

Elle n'a pas détourné le regard.

Chapitre 3

Le Lièvre et le limier sentaient la fumée de bois, la laine humide et le nettoyant suspect pour sols aux agrumes, ce qu'Annabel trouvait étrangement réconfortant.

La cheminée crépita. Les lampes étaient allumées. Et la foule habituelle bourdonnait comme des abeilles qui avaient accidentellement trouvé la tente à gin.

Evie a poussé la porte comme une femme en mission. « Coin arrière. Moins de chances d'être acculé par Mme Pellham et ses théories sur les crop circles extraterrestres. »

Annabel la suivit, haussant les épaules pour enlever son manteau. Perséphone s'avança devant eux, la queue haute, comme si elle *était la propriétaire* du pub. Ce qui, pour être juste, la plupart des habitués seraient d'accord.

Henry Griggs, le barman, lui fit un signe de tête respectueux. « Bonsoir, Miss Perséphone. »

À Annabel : « Des pâtés de sardines sur la maison, oui ? »

« Seulement si elle ne juge pas ton pantalon, » a déclaré Evie.

Henry sourit. « Elle l'a déjà fait. »

***

Elles se sont installées dans la cabine d'angle, un verre à la main – du vin rouge pour Annabel, quelque chose de mystérieux et bouillonnant pour Evie. Perséphone s'est recroquevillée majestueusement à côté d'un plat de pâté et d'un sous-verre, comme une petite déesse attendant des fidèles.

« Bon, » dit Evie en ouvrant son cahier. « Par où commencer ? »

Annabel jeta un coup d'œil autour d'elle. Le pub était déjà en effervescence.

À LA TABLE UNE : Florence Cattermole tenant la cour.

« ... et je *leur ai dit*, n'est-ce pas ? J'ai dit que cet homme était arrogant. Je ne rejoindrais même pas la soirée quiz de l'institut des femmes. Quel genre de monstre déteste les quiz ? »

Quelqu'un murmura son accord.

À LA TABLE DEUX : Sasha avec de l'énergie suspecte.

Elle était penchée sur son cidre, chuchotant férocement à un homme qu'Annabel ne reconnut pas – peut-être quelqu'un de la pharmacie ? Toutes les quelques minutes, elle jetait un coup d'œil vers le bar comme si elle attendait quelqu'un. Ou les éviter.

À LA TABLE TROIS : Colin Denby... marmonnement.

Bien sûr. Il avait un bloc-notes. Une pinte. Et un public d'un seul homme – un épagneul indifférent.

« J'ai dit que ça allait arriver. Ne l'ai-je pas dit ? Tout pourrit quand on enterre la vérité trop profondément. »

L'épagneul a pété et s'est éloigné.

*** *

Evie se pencha. « D'accord, c'est l'heure de la théorie. Le principal suspect ? »

Annabel sirota son vin. « Trop tôt. Mais... Margaret a été *très* rapide à mentionner que Graham avait reçu l'ordre de rester à l'écart. »

« Et Sasha avait l'air de quelqu'un qui s'était trompé de classeur. »

Annabel hocha la tête. « Et Ivy Gresham ? Était-elle la seule à ne pas avoir l'air surprise ? »

***

Juste à ce moment-là, la porte du pub s'ouvrit – un souffle d'air froid, et un homme en manteau de couleur gris charbon et lunettes à monture métallique entra.

Dr Richard Graves.

Nouveau docteur généraliste. Tranquille. Sans sourire. Comme quelqu'un qui pourrait effectuer une intervention chirurgicale avec une cuillère à café sans s'énerver.

Il hocha la tête en direction d'Henry, puis aperçut Annabel.

Et *s'est figé.*

Juste une seconde.

Puis il s'est dirigé vers le bar.

Evie a dit : « Tu as vu ça aussi ? »

Annabel murmura : « Il n'était pas seulement surpris de me voir. Il était surpris d'être vu. »

Perséphone ouvrit un œil, fixa Graves pendant trois longues secondes... et *grogna*.

***

Perséphone grogna – un son bas et net – tandis que le Dr Graves tournait le dos à la pièce.

Evie arqua un sourcil. « Eh bien. Ce n'est jamais bon signe.

Annabel sirota son vin. « Une fois, elle a grogné contre un homme qui avait volé une brouette. »

« Elle a également grogné à un fleuron de brocoli. »

Annabel haussa les épaules. « Elle fait preuve de discernement. »

Juste à ce moment-là, une ombre passa devant leur table – et s'arrêta.

Margaret Coombes, toujours dans son cardigan d'infirmière et une écharpe vert pâle qui n'était pas tout à fait assortie, se tenait debout, un verre de vin blanc à moitié plein et une expression qui essayait de passer pour du calme mais qui manquait la cible.

« Ça vous dérange si je vous rejoins ? » a-t-elle demandé.

Evie ouvrit la bouche.

Annabel l'a devancée. « Pas du tout. »

Margaret se glissa sur le banc en face d'eux, posant son vin sur un sous-verre avec une précision méticuleuse.

« Je suppose que vous avez déjà entendu toutes sortes de choses, » dit-elle au bout d'un moment.

Evie sourit. « Seulement trois théories de meurtre, deux suggestions de poison et une affirmation que Perséphone est psychique. »

Perséphone cligna des yeux une fois. Avec un air supérieur.

Margaret eut un sourire serré, presque. « Alistair n'était pas censé parler aujourd'hui. Il ne se sentait pas bien. »

Annabel se pencha légèrement. « Qu'est-ce qui a changé ? »

Margaret hésita. « Graham. »

Ah.

Evie croisa les bras. « Je pensais qu'il n'était même pas invité. »

Margaret a fait tourner son vin mais n'a pas bu. « Il a dit qu'il allait aux courses. Qu'il ne voulait pas ' traiter avec les villageois' ». Mais Alistair était... tendu cette semaine. Il n'a pas voulu dire pourquoi. Il a juste dit : « S'il se présente, je veux que la foule soit de mon côté. »

Annabel inclina la tête. « Il pensait que Graham le confronterait publiquement ? »

« Je ne sais pas ce qu'il pensait, » a déclaré Margaret. « Mais il a nettoyé son bureau. Suppression de certains anciens fichiers. Il était... se préparait à quelque chose. »

Evie fronça les sourcils. « Ou cacher quelque chose ? »

Les lèvres de Margaret se serrèrent en une ligne.

Annabel resta silencieuse pendant un long moment. Puis : « Graham avait-il une raison de vouloir qu'il parte ? »

Margaret leva brusquement les yeux. « Ils étaient *frères.* Parfois, c'est un motif suffisant. »

La main de Margaret s'enroula autour de son verre.

« Ils ne se sont pas parlé pendant plus de deux ans. Pas correctement. Pas depuis l'incident de l'affaire Radcliffe. Alistair a pris le blâme. Mais ce n'était pas entièrement de sa faute. »

Les yeux d'Evie s'aiguisèrent. « Graham *était* donc impliqué. »

Margaret ne répondit pas. Mais son silence était bruyant.

Perséphone agita la queue.

De l'autre côté du pub, Graham était arrivé, affalé dans un tabouret près de la fenêtre, commandant quelque chose de bon marché et rapide. Il avait l'air d'un homme qui voulait disparaître dans les planchers.

Margaret se leva brusquement.

« Je n'aurais rien dû dire, » murmura-t-elle. « Mais je dirai ceci : si Graham revenait pour faire la paix... Alors le destin a un sens de l'humour cruel. »

Et sur ce, elle s'éclipsa, laissant derrière elle la légère odeur d'antiseptique et de regret.

***

Evie regarda dans son verre.

« Dis-moi encore pourquoi nous pensions que cette année serait plus calme ? »

Annabel soupira. « Parce que nous sommes optimistes. »

Perséphone laissa échapper un long soupir théâtral.

Annabel hocha la tête. « Exactement. »

Chapitre 4

Le pub avait retrouvé son bourdonnement habituel : rires sourds, pintes qui s'entrechoquent, conversations qui bourdonnent comme des abeilles dans d'épaisses haies. Mais le regard d'Annabel ne quittait jamais l'homme à la fenêtre du fond.

Graham Forsyth, échevelé et humide sur les bords, était penché sur une pinte comme si elle pouvait offrir l'absolution. Ses épaules s'affaissaient d'une manière qui ne suggérait pas exactement le chagrin – plutôt l'épuisement. Ou de la peur.

Annabel tourna le reste de son vin, en le regardant.

Evie se pencha plus près. « Il transpire. »

« Il fait chaud ici. »

« Il transpire comme un homme qui sait que la police va trouver quelque chose dans son tiroir à chaussettes. »

Annabel fit un petit sourire mais ne détourna pas le regard.

***

Perséphone, maintenant recroquevillée sous la table, donna un coup de queue. Un avertissement lent et mesuré.

Evie l'a chronométré immédiatement. « Elle sait. Elle *sait* quelque chose. »

Annabel murmura : « Ou elle s'ennuie et veut qu'on passe à autre chose. »

Evie regarda vers le bar. « Que savons-nous de lui, vraiment ? Au-delà de ce que Margaret a laissé entendre ? »

Annabel se redressa légèrement. « Découvrons-le. »

***

Ils se sont approchés du bar où Henry Griggs polissait des verres comme s'ils l'avaient personnellement offensé. Il leva les yeux, vit Annabel arriver et leva un sourcil.

« Laissez-moi deviner, » a-t-il dit. « Vous n'êtes pas ici pour faire le plein. »

Evie sourit. « Nous sommes ici pour les potins. Juste une pincée. »

Henry souffla, mais pas mécontent. « Graham Forsyth ? Un peu un fantôme, celui-là. Il s'est présenté en ville à quelques reprises au fil des ans. Alistair n'a pas beaucoup aimé. »

« Qu'a-t-il fait ? »

« Peu importe ce qu'il faisait. La plupart du temps, il perdait de l'argent lors des courses. Une fois, il a essayé de vendre aux gens de la 'confiture vintage' fabriquée à partir de conserves périmées qu'il avait achetées dans un vide-grenier. »

Evie grimaça. « Aïe. »

Henry se pencha. « Mais voici ce qui est étrange : il est arrivé la semaine dernière. Sobre mort. Il m'a demandé si je pensais que cet endroit était... prêt pour le changement. »

Annabel fronça les sourcils. « Changement ? »

« C'est ce qu'il a dit. Il m'a donné la chair de poule. Ensuite, il a essayé de donner un pourboire à Perséphone avec un chip. »

Du dessous du banc, Perséphone éternuât. Violemment.

***

Annabel se retourna pour regarder Graham, juste à temps pour voir que sa chaise était vide.

Elle s'est figée.

« Evie. »

Evie se retourna. « Non. Non-non-non, il était juste *là.* Je l'ai vu ! Tu l'as vu !

« Il est parti. »

Annabel scruta le pub. Aucun mouvement. Pas de porte arrière entrouverte. Juste une faible trace de bière renversée sur le plancher et un manteau abandonné sur le dossier de la chaise.

Graham Forsyth avait disparu.

***

Evie jura dans sa barbe. Perséphone émergea du dessous du banc comme une petite panthère en mission et trotta vers le couloir du fond. Annabel la suivit.

« Où cela va-t-il ? » demanda-t-elle à Henry.

« Sortie arrière. Descend par le chemin de la rivière. »

Annabel n'a pas attendu.

***

Dehors, l'air était vif avec de la brume et quelque chose de plus doux – une floraison précoce sur les haies, peut-être. Les lumières du pub brillaient derrière eux comme un rideau de scène.

En avant : aucun signe de Graham. Juste de l'herbe aplatie près de la porte. Empreintes ? Difficile à dire dans l'obscurité.

Perséphone s'arrêta sur le chemin et renifla l'air.

Puis, avec une confiance parfaite, elle tourna à gauche, dans les arbres.

Evie hésita. « Allons-nous vraiment suivre une chatte ? »

Annabel ajusta son écharpe. « Elle ne s'est jamais trompée jusqu'à présent.»

Chapitre 5

La brume s'enroulait bas sur le sentier tandis qu'Annabel et Evie suivaient la marche déterminée de Perséphone à travers la ruelle étroite qui plongeait derrière le pub et longeait le bord de la berge. L'air sentait la terre retournée, la mousse humide et la légère odeur de quelque chose d'herbacé.

« Sais-tu seulement où tu vas ? » Evie siffla vers la chatte.

Perséphone ne lui daigna pas un regard.

La lune poussait à travers une brèche dans les nuages juste assez pour distinguer l'herbe aplatie devant elle.

Empreintes. Fraîches.

Annabel se pencha en avant, scrutant l'obscurité. Le chemin se divise juste au-delà des saules.

Elles ont pris le virage, mais elles se sont arrêtées net.

Parce que quelqu'un était déjà là.

***

Une silhouette en long manteau, accroupie au pied d'une haie, des mains gantées pinçant doucement ce qui ressemblait à de la... Camomille sauvage ?

« Bonsoir, » dit Ivy Gresham sans lever les yeux. « Un peu tard pour une promenade au bord de la rivière, n'est-ce pas ? »

Annabel cligna des yeux. « Je pourrais dire la même chose. »

Ivy se redressa lentement, glissant ses petits ciseaux dans un cartable en toile. « Je récolte. Le clair de lune fait remonter les huiles à la surface. Rend les plantes plus puissantes. »

Evie croisa les bras. « Clair de lune et meurtre en une journée. Nous en profitons tous au maximum. »

Ivy inclina la tête. « Vous cherchez quelqu'un. »

« Nous sommes à la recherche de Graham Forsyth, » dit Annabel en regardant le visage d'Ivy. « Il s'est éclipsé du Lièvre et le limier sans lui dire au revoir. »

« Et vous pensez qu'il est ici ? »

Perséphone miaula d'affirmation, frôlant les bottes d'Ivy sans interrompre la foulée.

« J'ai vu quelqu'un passer par ici il y a une dizaine de minutes, admit Ivy, après une pause. « Des pas rapides. Habit foncé. Pas... nerveux. »

Annabel leva un sourcil. « Tu n'as pas pensé à en parler ? »

« Je ne signale pas tous les hommes qui font les cents pas comme un écureuil rongé par la culpabilité, » dit sèchement Ivy. « Mais puisque vous êtes sur la piste... Il est allé à gauche, en bas de la pente. Vers le vieux hangar à bateaux. »

Evie plissa les yeux. « C'est là que se trouve le hangar d'entretien, n'est-ce pas ? »

« Et la plate-forme de pêche, » a ajouté Annabel.

Le regard d'Ivy se promena brièvement sur le chemin. « Tu ferais mieux d'aller vite. »

Elle se retourna pour partir, puis s'arrêta.

« Annabel ? »

« Oui ? »

« Si vous trouvez Graham... Demandez-lui ce qui s'est passé *il y a trois étés.* »

Les sourcils d'Annabel se froncèrent. « Il y a trois étés ? » répéta-t-elle. « C'est un peu énigmatique, même pour toi. »

Ivy haussa les épaules, mais ses yeux en disaient plus que son ton. « C'était calme. Jusqu'à ce que ce ne soit plus le cas. »

Evie intervint. « De quel genre de « pas tranquille » parlons-nous ? Une bagarre à coups de poing ? Un scandale ? Une dissimulation impliquant l'oie de prix de quelqu'un ? »

Ivy hésita.

« Disons, dit-elle lentement, que Graham a disparu à l'époque aussi. Seulement cette fois-là, il n'était pas le seul. »

Annabel cligna des yeux. « Quelqu'un d'autre a disparu ? »

« Pas tout à fait, » murmura Ivy. « Mais quelqu'un est parti. Vite. Et est revenu différent. »

« Qui ? »

Ivy se contenta de sourire, mais il n'y avait pas de chaleur dans ce sourire.

« Ce n'est pas à moi de raconter cette histoire. Mais si vous voulez comprendre Graham... Commencez par là. »

Evie était sur le point de poser une autre question, mais Perséphone laissa échapper un gazouillis pressant, la queue haute, disparaissant déjà sur la pente vers la rivière.

Annabel expira. « Nous reparlerons, Ivy. »

« Je serai là, » a dit Ivy. « Les plantes ne se récoltent pas toutes seules. »

Elle disparut dans la brume, l'odeur de la camomille la suivant.

***

Annabel la regarda fixement. « Il y a trois étés ? »

Evie secoua la tête. « Je vous jure, chaque villageois a une chronologie et un secret. Vous avez besoin d'une planche à cordes.

Perséphone s'élança avec détermination, sa queue tremblante comme une ponctuation.

Annabel le suivit.

***

Au bord de la rivière, le monde se rétrécissait : haies envahies par la végétation, racines enchevêtrées et la lueur de l'eau qui glissait en silence. Le vieux hangar à bateaux se profilait dans la quasi-obscurité – juste une forme trapue contre les arbres.

Pas de lumière.

Pas de son.

Evie a chuchoté : « Tu crois qu'il est là-
dedans ? »

Annabel ne répondit pas.

Elle était déjà en mouvement.

Chapitre 6

Le sentier vers l'ancien hangar à bateaux n'était guère plus que de la terre tassée et des souvenirs.

Tandis qu'Annabel et Evie suivaient la queue de Perséphone, les arbres se refermèrent légèrement, le genre d'obscurité qui semblait non seulement *sombre,* mais aussi attentive. La brume de la rivière glissait sur le sol comme un souffle.

« Je n'aime pas ça, » marmonna Evie.

Annabel n'a pas répondu. Elle regardait les ombres entre les roseaux. Être à l'écoute du mouvement. Le silence était trop complet.

Le hangar à bateaux apparut au bord de la clairière, affalé contre la rivière, comme s'il s'était lassé de rester debout.

Un volet cassé battait lâchement.

***

Elles se rapprochèrent.

Perséphone s'arrêta juste à côté de la porte et s'assit.

Annabel murmura : « Tu sens quelque chose ? »

Evie renifla. « Pourriture. Bois humide. Et peut-être... des oignons ?

Annabel pointa du doigt. « C'est de l'ail des ours. »

Evie plissa le nez. « Comme c'est rustique. »

Annabel testa la porte. Déverrouillé.

Elle regarda Evie.

« Laisse-moi deviner, » murmura Evie. « Tu entres en premier ? »

Annabel l'ouvrit sans un mot.

***

L'intérieur du hangar à bateaux était une boîte d'ombres.

De la poussière flottait dans l'air. De vieux engins de pêche, une rame fissurée et ce qui ressemblait à une botte momifiée bordaient les murs. Il y avait un étroit banc en bois sur un côté, et une table recouverte d'un tissu rigide et jauni.

Mais pas de Graham.

« Il était censé être ici, » dit doucement Annabel.

Evie s'approcha de la table, retira le tissu, révélant un cahier.

Usagé. Cuir. Fermé avec un vieux ruban.

Sur la couverture, à l'encre délavée : « A.F. »

Annabel retint son souffle. « Alistair Forsyth. »

***

Evie l'ouvrit lentement. À l'intérieur : écriture soignée et bouclée. Notes médicales. Listes de symptômes. Pages de plans de traitement.

Mais près du milieu – un autre type d'entrée.

« Il y a trois étés, Graham était furieux. Henry R. refusa le règlement. Margaret a suggéré que nous déchiquetions les fichiers. Je lui ai dit non. Je ne mentirai plus pour lui. »

Annabel et Evie échangèrent un regard. Henry R. — Radcliffe. Graham. Margaret. Un règlement ?

Annabel ferma doucement le livre. « Nous devons partir. »

Evie cligna des yeux. « Tu ne vas pas dire que nous devrions *le prendre*? »

Annabel secoua la tête. « Pas encore. Assurons-nous que nous ne soyons pas *suivis* en premier. Perséphone siffla doucement.

De l'extérieur... un craquement. De pas.

∗∗∗

Annabel se dirigea vers la porte et l'ouvrit lentement.

Personne.

Evie regarda autour d'elle, les nerfs à vif. « C'était... ? »

Annabel hocha la tête. « Quelqu'un nous regardait. »

Perséphone, toujours près de la table, tapait maintenant le plancher en dessous de la table.

Annabel s'agenouilla, souleva le bord d'une planche cassée et révéla une petite enveloppe scellée, vieillie et cassante.

À l'intérieur : une photographie.

Graham et Alistair, debout à l'extérieur de la clinique. Souriant.

Derrière eux : une femme qu'Annabel ne reconnut pas.

Au dos :

« *Belladone prospère à l'ombre.* »

***

Elles sont sorties du hangar à bateaux avec l'enveloppe, la photo et mille nouvelles questions.

Perséphone ouvrait la voie, sa queue noire fendant la brume comme une lame.

Evie expira. « Alors, qui est cette femme ? »

Annabel regarda à nouveau la photo.

« Je ne sais pas. »

Mais je pense qu'elle est la raison pour laquelle quelqu'un tue pour enterrer le passé.

Chapitre 7

La photo était posée sur la table de la cuisine de Honeystone Cottage comme une invitée qui ne voulait pas expliquer pourquoi elle était ici.

Annabel, le thé à la main, fixait l'image délavée : le Dr Alistair Forsyth, Graham et la femme inconnue debout juste derrière eux, souriante, légèrement floue. Sa main se posa légèrement sur le bras de Graham, et le regard qu'elle lança à Alistair était... pas amical.

Evie, perchée en face de la table, les bottes sur un tabouret, mâchait le bout d'un crayon. « L'écriture. Belladone prospère à l'ombre. Ce n'est pas une étiquette. C'est un *avertissement.* »

Annabel hocha lentement la tête. « Ou une confession. »

Perséphone a donné un coup de queue une fois, signe universel qu'enfin, *elles sont en train de comprendre.*

***

Elles ont commencé là où tout mystère de village devrait le faire : Florence Cattermole, l'historienne à la poigne de fer et tyran du thé de l'institut des femmes, jardinait actuellement à côté de ses clématites victoriennes grimpantes en faisant semblant de ne pas avoir attendu de visiteurs toute la journée.

Florence remarqua l'enveloppe dans la main d'Annabel avant qu'un seul mot ne soit prononcé.

« Je n'ai pas vu cette photo depuis des années, » a-t-elle déclaré platement.

Evie cligna des yeux. « Vous l'avez *vue* ? »

Florence se redressa. « Alistair l'avait sur son bureau. Caché derrière son calendrier. C'était... *avant que tout ne tourne mal.* »

Annabel s'avança. « Qui est-elle ? »

Une pause.

Puis : « Béatrice Hargreaves. »

Evie fronça les sourcils. — « Un rapport avec... »

« L'ex de Graham. Elle travaillait au cabinet. Administration temporaire.

Brillante. Ambitieuse. Elle n'a pas bien supporté qu'on lui dise de « faire attention à sa place ». »

« Qu'est-ce qui lui est arrivé ? »

Florence dépoussiéra ses gants, les lèvres serrées.

« Elle est partie. Un jour, elle était là, le lendemain, elle a disparu. J'ai entendu dire qu'elle était montée vers le nord. Certains disent qu'elle a épousé un banquier. Certains disent que non. »

Annabel lui tendit la photo. « La référence à la belladone vous dit-elle quelque chose ? »

Florence hésita.

« Elle avait l'habitude de dire ça. Chaque fois que quelqu'un la sous-estimait.

Elle a dit que c'était son « proverbe personnel ».

« *Belladone prospère à l'ombre. Moi aussi.* »

***

Plus tard, au chalet, Evie était déjà à mi-chemin d'un terrier de lapin sur Google.

« Beatrice Hargreaves, pas de réseaux sociaux récents. Pas d'adresse actuelle. Mais devinez quoi ? »

Elle tendit l'ordinateur portable à Annabel.

« Il y avait une certaine Beatrice Hargreaves répertoriée comme témoin lors d'une audience d'éthique médicale. Il y a trois étés. À Leeds. »

Annabel sentit l'air bouger. « Alistair était impliqué ? »

Evie hocha la tête. « En tant que *conseillére silencieuse* au sein du conseil d'administration d'une clinique. Son témoignage ? scellé. »

Perséphone s'étira luxueusement et fit tomber la photo de la table.

***

Annabel se leva, attrapant déjà son manteau.

« Il est temps de rendre visite au Dr Graves, » a-t-elle dit.

Evie sourit. « Dois-je apporter des collations ? »

Annabel vérifia son sac. « Apportez des gants. Juste au cas où il ferait pousser quelque chose de toxique.

Perséphone se leva d'un bond avec un gazouillis et trotta vers la porte comme, *enfin*.

Chapitre 8

Le bureau du Dr Richard Graves était impeccable.

Annabel remarqua immédiatement l'arrangement : des livres classés par ordre alphabétique *d'auteur*, des herbes dans des bocaux étiquetés, une seule plante d'intérieur décorative qui avait l'air étrangement fausse. Le genre d'espace qui disait *que je contrôlais tout.*

Graves se leva pour les saluer. Chemise blanche impeccable. Sourire neutre. Les mains jointes comme s'il était toujours prêt à recevoir de mauvaises nouvelles.

« Mlle Lennox Deighton. Mlle Barnes. Et bien sûr... Perséphone. »

Perséphone plissa les yeux et s'assit directement au centre du tapis, le fixant comme si elle avait déjà lu dans son âme et l'avait trouvée... désordonnée.

***

« Merci de nous recevoir, » dit Annabel doucement. « Nous ne prendrons pas beaucoup de votre temps. »

« Bien sûr. Je suis toujours heureux d'aider. Bien que je doive admettre, » ajouta-t-il avec un léger sourire, « que cela ressemble plus à une affaire de police maintenant. »

Evie leva un sourcil. « Et pourtant, vous n'étiez pas à la foire. »

Graves joignit les mains. « Je ne suis arrivé que récemment. J'ai pensé qu'il valait mieux ne pas m'immiscer trop rapidement dans les activités du village. »

Annabel inclina la tête. « Ou peut-être ne vouliez-vous pas vous insérer avant la fin de l'enquête ? »

Une lueur d'espoir – juste un éclair – passa dans ses yeux.

« Je ne suis pas sûr de suivre. »

***

Annabel fouilla dans son sac et posa la photo sur le bureau.

Alistair. Graham. Béatrice Hargreaves.

Graves n'a pas réagi – pas avec son visage. Mais ses doigts se contractèrent une fois.

« Vous la reconnaissez ? » demanda doucement Annabel.

Graves expira. « C'était... ne fait pas partie de mon rôle. »

Evie se pencha. « Quel *est* votre rôle exactement ? »

Il n'a pas répondu.

Perséphone se leva. Il s'est dirigé vers le bureau.

Annabel l'observa, calmement, tandis que le chat se promenait derrière la chaise polie de Graves... s'arrêta à la petite table d'appoint et leva une patte.

Un balayage propre et délibéré.

Un dossier – épais, estampillé d'un sceau « CONFIDENTIEL » délavé – a glissé de l'étagère du bas.

Il frappa le sol avec un léger bruit sourd.

Tout le monde le regardait.

Même Graves.

Il n'a pas bougé.

Annabel se leva, traversa la pièce et le ramassa.

Révision interne : Dr Alistair Forsyth – En cours

Evie siffla bas. « Oups. »

***

Graves se rassit.

« J'ai été envoyé par le conseil d'administration, » a-t-il finalement dit. «

Ils ont reçu de nombreuses plaintes au cours de ces trois dernières années. Sur la maltraitance. Négligence. Élimination inappropriée des documents. Un cas impliquait un... un diagnostic erroné qui a entraîné des blessures permanentes. Un autre a fait allusion à la coercition. L'un d'eux comprenait notre amie, Mlle Coombes. »

La mâchoire d'Annabel se serra. « Margaret ? »

« Elle n'a jamais officiellement déposé. Mais elle était appelée ... en tant que témoin. Puis s'est rétracté. »

La voix d'Annabel était tranchante.

« Alors, au lieu d'une véritable enquête, ils vous ont envoyé fouiner tranquillement ? »

Graves avait l'air fatigué maintenant.

« Je n'étais pas censé l'affronter. J'étais censé observer. À collectionner. Et quand le conseil d'administration en a eu assez... ils auraient agi. »

Evie a rétorqué : « Et maintenant, il est mort. »

Graves hocha lentement la tête. « Oui. »

***

Perséphone a sauté sur le bureau comme une chute de micro poilue.

Le Dr Graves la regarda avec un respect nouveau.

Ou la peur. Peut-être les deux.

« Je veux ce dossier, » a dit Annabel. « Nous le rendrons. Éventuellement. »

Graves n'a pas discuté.

***

Dehors, le vent s'était levé.

Annabel glissa le dossier dans son manteau. « Il cachait beaucoup de choses. »

Evie soupira. « Et maintenant, c'est nous qui le portons. »

Perséphone trottait en avant, la queue haute, les oreilles dressées – comme si elle savait que le chemin ne faisait que s'assombrir à partir d'ici.

Chapitre 9

De retour à Honeystone Cottage, la bouilloire était allumée. Les rideaux étaient tirés. Perséphone était recroquevillée sur le rebord de la fenêtre comme un signe de ponctuation de velours.

Mais la pièce semblait... froide.

Annabel et Evie étaient assises à la table, l'épais dossier ouvert entre elles – les pages s'étalaient comme des feuilles mortes, chacune d'entre elles marquée par une tragédie silencieuse.

***

« Trois plaintes de 2019, » a lu Annabel à haute voix. « L'une concernant un diagnostic manqué de diabète précoce. Une où il a prescrit le mauvais médicament. Et celui-ci... »

Elle s'arrêta.

Evie se pencha. « Continues. »

« Une jeune fille de dix-sept ans... mal diagnostiquée. Renvoyée à la maison. Il s'est avéré que c'était une méningite. Elle est morte trois jours plus tard. »

Le silence s'installa entre eux.

Evie l'a cassé en premier. « Comment un homme comme ça peut continuer à pratiquer ? »

Annabel secoua la tête. « Il y a des excuses énumérées. Surmenage. Pénurie de personnel. Des notes de Graves suggérant que les documents étaient *perdus* et non cachés. Mais ceci... » elle tapota une page, la voix se durcit, « ... cela montre qu'il a modifié ses notes après coup. »

Evie grimaça. « Ce n'est pas une erreur. C'est une dissimulation. »

***

Annabel feuilleta d'autres pages. « Il y a un modèle. Certains de ces patients n'ont jamais déposé de plainte officielle. D'autres l'ont fait... et se sont soudainement rétractés. »

« Ou la clinique a perdu les papiers. » La voix d'Evie dégoulinait d'incrédulité.

Elles se sont assises, en train de réfléchir.

***

« Le personnel de la clinique devait savoir quelque chose, » a finalement déclaré Annabel.

« Margaret l'aurait certainement fait. Elle était son bras droit. »

« Ce qui signifie... » Annabel tapota la table, « soit elle a aidé à le protéger... ou elle a été prise dedans. »

Evie se mordit la lèvre. « Elle est vive. Observatrice. Elle remarquerait si son médecin faisait de mauvaises pratiques. »

La voix d'Annabel se taisait maintenant. « Et si elle n'était pas seulement son infirmière ? »

Evie leva un sourcil. « Tu crois qu'il y avait quelque chose entre eux ? »

« Je pense... Elle avait *une raison* de le soutenir. Qu'il s'agisse d'amour, de fidélité, de peur ou de dette... Je ne sais pas encore. »

Evie ouvrit la bouche, puis la referma.

« Est-ce qu'on la confronte ? » a-t-elle finalement demandé.

Annabel jeta un coup d'œil vers la fenêtre qui s'assombrissait.

« Pas encore. »

***

Elle ramassa un petit bout de papier glissé entre les rapports. C'était écrit à la main. Pas officiel.

« *Je sais que j'aurais dû l'arrêter.* »

« *Mais je ne savais plus où se trouvait la limite.* »

Pas de signature. Mais Annabel était prête à parier que ce n'était pas l'écriture d'Alistair.

***

Perséphone sauta à terre et traversa la table, posant doucement une patte sur le billet non signé.

Evie cligna des yeux. « Elle devient incroyablement douée dans ce domaine. »

Annabel sourit faiblement, mais ses yeux restèrent sur le papier.

« Nous devons savoir qui a écrit cela. Et puis nous demandons à Margaret pourquoi elle a laissé cela se produire. »

Chapitre 10

Les lumières étaient toujours allumées à la clinique Little Firling, mais à peine – une lampe vacillante près de la réception, une lueur tamisée derrière la vitre givrée du back-office.

Annabel frappa légèrement, puis poussa la porte.

Sasha Eldridge était assise derrière le bureau de la réception, penchée sur une tasse de thé et une crème pâtissière à moitié mangée. Son carré blond était légèrement crépu par la pluie, et son expression était réglée sur « Je suis fatiguée et à un soupir d'une dépression nerveuse ».

Quand elle a vu Annabel, elle n'a pas pris la peine de sourire.

« Vous venez annuler votre vaccin contre la grippe ? »

Annabel entra lentement. « J'espérais te demander quelque chose. »

Sasha leva un sourcil. « Je suis en congé. Mais si ce n'est pas contagieux, allez-y. »

Annabel tendit la note pliée – la confession anonyme du dossier de Forsyth.

« Reconnaissez-vous l'écriture ? »

Sasha le regarda un instant trop longtemps.

Puis elle cligna des yeux et détourna le regard.

« Non. Je ne l'ai jamais vu. »

***

Perséphone, qui s'était glissée derrière Annabel comme le *fantôme de soie noire de la vérité,* sauta silencieusement sur le bureau de la réception et prit la pose d'un sphinx.

Sasha la regarda fixement.

« Cette chatte me déteste. »

Annabel sourit faiblement. « Elle déteste plus les menteurs. »

Sasha fronça les sourcils mais ne la poussa pas hors du bureau.

***

Annabel s'assit sur l'une des chaises de la salle d'attente. « Vous avez été ici pendant la majeure partie de la carrière du

Dr Forsyth. Vous avez dû voir beaucoup de choses. »

Sasha remua son thé avec plus d'agressivité que nécessaire.

« J'ai vu les formulaires. J'ai vu des gens crier dans le hall. J'ai vu Margaret pleurer dans le placard. J'ai vu Alistair faire semblant de ne pas le remarquer. »

Cela attira l'attention d'Annabel.

« Margaret a pleuré ? »

Sasha renifla. « S'il vous plaît. Elle lui était dévouée. Elle adorait le sol sur lequel il a marché – et y a probablement saupoudré un antiseptique par la suite. »

« Était-ce personnel ? »

Sasha leva les yeux. « Il l'a sauvée une fois. Quelque chose s'est passé... plusieurs années de cela. Elle n'a jamais dit quoi, mais après ça ? Elle aurait pris une balle pour lui. »

Annabel réfléchit à cela. « Ou en a transformé un en seringue. »

***

Elle posa doucement la note sur le bureau.

« Si vous n'avez pas écrit ceci, qui pensez-vous l'a fait ? »

Sasha hésita.

Puis, avec un haussement d'épaules :

« Ça aurait pu être Graham. Il avait l'habitude de se faufiler ici après les heures de travail. Ils se sont battus. Une fois, Alistair a lui lancé un presse-papiers. Je l'ai entendu de la réception. Le lendemain, tout était à nouveau calme. »

« Pourquoi êtes-vous encore ici ? » demanda Annabel, doucement maintenant. « Vous avez vu les dossiers. Vous savez ce que les gens disent. »

Sasha laissa échapper une longue respiration et fixa son thé comme s'il contenait une carte vers une autre vie.

« Parce que je ne sais pas comment partir. Cet endroit est un gâchis, mais c'est *mon* gâchis. »

***

Perséphone s'étira lentement et passa sa queue dans la soucoupe à thé de Sasha.

Elle siffla – pas le chat. Sasha.

« Très bien. Peut-être que j'ai vu cette écriture. Peut-être une fois. Sur un post-it. Margaret se laisse des rappels dans son casier. Stupides petits mantras. »

Les yeux d'Annabel se plissèrent. « Des mantras ? »

Sasha haussa les épaules. « 'Faites mieux', 'ne parlez pas', 'rappelez-vous pourquoi.' Ce genre de choses. »

Evie, qui s'était penchée dans l'embrasure de la porte tout le temps, hocha la tête. « On dirait une femme qui essaie de se tenir debout avec l'espoir et le déni. »

Annabel s'arrêta, la main sur le billet. « Qu'en est-il... d'autres personnes ? Patients. Familles. Quelqu'un est-il jamais venu ici en colère ? »

Les yeux de Sasha se tournèrent vers l'horloge sur le mur, comme si elle se demandait combien de temps elle voulait en dire de plus.

Puis elle soupira. « Il y avait une femme. Mère d'une fille décédée – méningite. Elle s'appelait Irene Holt. Elle est revenue un an plus tard. Elle s'est assise dans la salle d'attente tous les vendredis pendant un mois. Elle n'a rien dit. Elle s'est juste assise. »

Evie fronça les sourcils. « C'est... effrayant. »

« Elle m'a donné une boîte de biscuits, » a déclaré Sasha, les yeux distants. « Puis un jour, elle a cessé de venir. »

Annabel plissa les yeux. « Qu'est-ce qui lui est arrivé ? »

« Elle vit maintenant juste à l'extérieur du village. Au bord de Firling Cross. Marche avec une canne. Son mari... » Sasha baissa la voix...

« il avait blâmé Alistair. Complètement. Il m'a dit une fois que si le karma ne faisait pas l'affaire, il devrait peut-être le faire. »

Evie siffla bas. « Eh bien, ce n'est pas inquiétant du *tout*. »

Annabel se pencha vers l'intérieur. « Qui d'autre ? »

« Bryn Lewis. Il a prétendu qu'Alistair lui avait prescrit un cocktail de médicaments qui avait aggravé son cœur. Alistair jura que c'était une erreur du patient. Bryn a juré que c'était de l'arrogance médicale. »

Evie griffonna des notes. « Et est-il du genre vengeance subtile ? »

Sasha renifla. « Une fois, il a collé une note grossière sur la porte de la clinique. »

***

Annabel se leva.

« Merci. »

Sasha eut un sourire crispé et ironique. « Si vous dites à quelqu'un que j'ai été utile, je le nierai. »

Perséphone agita à nouveau sa queue, cette fois en tapotant légèrement le bord de la note de confession comme pour dire : *Tu te réchauffes.*

Chapitre 11

Le lendemain matin, il y avait de la brume et des nuages bas, le genre de ciel qui menaçait de pleuvoir mais qui ne s'était pas tout à fait engagé – un temps parfait pour les secrets.

Annabel et Evie prirent le long chemin vers Firling Cross, passant devant des haies lourdes de rosée et des jonquilles s'inclinant en silence.

Perséphone, malgré la suggestion d'Annabel de rester au chaud à l'intérieur, s'était contentée de la regarder, offensée et de les suivre avec sa grâce résolue habituelle.

« Nous n'accusons personne pour l'instant, » a déclaré Annabel, plutôt pour elle-même.

« Nous observons, » a répondu Evie. « Comme des experts de la faune sauvage de village passifs-agressifs. »

***

Premier arrêt : Irene Holt

Le chalet était petit, situé au bord d'un champ bordé d'aubépines. Pelouse soignée. Parterres de roses immaculés. Mais les rideaux sont restés fermés.

Annabel frappa. Ils ont attendu. Puis la porte s'ouvrit un peu en grinçant.

Irene Holt avait l'air plus âgée qu'elle n'aurait dû – pas en âge, mais en posture. Ses yeux étaient perçants, son cardigan élimé aux coudes.

« Vous ne vendez rien, n'est-ce pas ? »

Annabel secoua doucement la tête. « Nous posons des questions sur le Dr Forsyth. »

Une longue pause.

Puis : « Mort, n'est-ce pas ? »

Evie cligna des yeux. « Tu ne le savais pas ? »

« Je savais que quelque chose avait changé. Le village devient plus silencieux quand quelqu'un obtient enfin ce qu'il mérite. »

Annabel hésita. « Croyez-vous que quelqu'un a fait cela délibérément ? »

L'expression d'Irene ne changea pas. « Je crois que la justice finit par arriver. La méthode n'est pas pertinente. »

Perséphone miaulait doucement.

Irène baissa les yeux. « Cette chatte a toujours aimé mon jardin. »

« Vous étiez assise dans le hall de la clinique. Les vendredis. »

« Je l'ai fait. » Elle ouvrit la porte un peu plus largement. « Pour lui rappeler que je n'avais pas oublié. Pour lui faire regarder ce qu'il avait fait, chaque semaine. »

« Pourquoi t'es-tu arrêtée ? »

« Parce que finalement... Il a cessé de regarder en arrière. »

La porte se referma.

***

Prochain arrêt : Bryn Lewis, le nuage d'orage ambulant.

Ils l'ont trouvé à l'extérieur du Lièvre et le limier, en train de fumer quelque chose qui n'était probablement pas légal et de poncer agressivement une canne.

« Je pensais que tu serais en train de renifler ici assez tôt, » grogna-t-il.

Annabel hocha la tête. « Nous avons entendu dire que vous aviez des antécédents avec le médecin. »

« Des antécédents ? Cet homme m'a donné une drogue qui a failli me tuer. Puis *il m'*a reproché de m'être trompé. »

Evie leva un sourcil. « Tu as l'air bien vivant. »

« Oh, je suis vivant. *Pour lui, ce n'est pas le cas.* C'est pratique, n'est-ce pas ? »

Annabel l'étudia. « Lui as-tu jamais dit que tu te vengerais ? »

que tu te vengerais ? »

Bryn leva brusquement les yeux. « Je l'ai *dit à tout le monde.* Si le karma ne l'emportait pas, je finirais le travail. »

Evie se pencha. « Alors... Le timing de Karma t'a épargné l'effort ? »

Il n'a pas bronché. « Peut-être. »

Annabel fit un pas de plus. « Et maintenant ? »

Il expira. « Maintenant, je peux réparer mon cabanon en paix. Et personne ne frappera à la porte pour des brochures de bien-être maudites. »

« Mais tu ne l'as pas fait, » dit doucement Annabel.

« Je n'ai pas dit que je ne l'avais pas fait, » a-t-il répliqué – et s'est éloigné en sifflant.

***

Plus tard, de retour au chalet, Evie s'est affalée sur une chaise. « Donc, Irene est intense et poétique. Bryn est juste... fou. »

Annabel feuilleta à nouveau le dossier.

« Les deux avaient un mobile. Mais ni l'un ni l'autre n'y avaient accès. Ni l'un ni l'autre n'étaient au courant de l'examen interne. Ni l'un ni l'autre n'ont pris le thé avec lui ce jour-là. »

Evie hocha lentement la tête. « Nous avons fait le tour des plates-bandes. Et toutes les empreintes de pas vous ramènent... »

« Au cabinet de chirurgie, » a dit Annabel. « Et à Margaret. »

Perséphone émit un seul gazouillis pointu.

« D'accord, d'accord, » marmonna Evie.

« Il est temps de rempoter quelques secrets. »

Chapitre 12

Le jardin derrière la maison de Margaret Coombes était immaculé.

Haies de buis taillées à moins d'un pouce de leur vie. Lavande taillée à une symétrie parfaite. Pas une seule herbe n'osait jeter un coup d'œil à travers le chemin de gravier. Si le contrôle avait un lieu, ce serait celui-ci.

Annabel, avec Evie à côté d'elle et Perséphone sur ses talons, frappa une fois à la porte de derrière.

Elle s'ouvrit avant qu'elle ne puisse frapper à nouveau.

Margaret se tenait debout, avec ses gants de jardinage, une tache de compost sur la joue, les yeux méfiants.

« Si vous êtes ici pour bavarder, je vous suggère le pub. »

Annabel montra le dossier en papier manille – l'examen interne de Forsyth – et la note pliée avec l'écriture indubitable de Margaret.

« Nous sommes ici pour la vérité. »

***

À l'intérieur, la bouilloire sifflait déjà, comme si Margaret les avait attendues.

Elle versa le thé avec des mains calmes mais des lèvres serrées. Les tasses étaient simples. La tension n'était pas.

« Vous avez lu le dossier, » a-t-elle dit, plus une déclaration qu'une question.

Annabel hocha la tête. « Nous savons qu'il y a eu des plaintes. Des modèles. Un système conçu pour cacher l'échec. »

Evie a ajouté : « Et quelqu'un qui a essayé – discrètement – de l'arrêter. »

Elle glissa la note vers l'avant.

Je sais que j'aurais dû l'arrêter.

Mais je ne savais plus où se trouvait la ligne.

Margaret la regarda fixement.

Elle ne l'a pas nié.

***

« Il m'a sauvé la vie, » a-t-elle finalement dit calmement. « Il y a des années. Une alerte du cancer. Il l'a attrapé tôt. J'ai fait passer des tests quand personne d'autre ne m'a cru. J'ai survécu grâce à lui. »

Une longue respiration.

« Alors, quand les plaintes ont commencé... Je ne voulais pas les croire. Je me suis dit que les gens font des erreurs. Il était surmené. Fatigué. Peut-être qu'ils avaient tort. »

Annabel ne dit rien.

« Mais ensuite, Graham est revenu. Fâché. Méchant. Ressassant le passé. Et j'ai vu... *Alistair changement.* Il a commencé à se remettre en question. Puis blâmer les autres. Puis... à cacher des choses. »

La voix d'Evie était douce. « Pourquoi ne l'avez-vous pas dénoncé ? »

« Parce que je l'aimais, » murmura Margaret. « Pas romantiquement. Pas même en tant qu'ami. Mais avec ce genre de *loyauté terrible et désespérée* qui vous rend aveugle. »

Perséphone sauta sur le comptoir de la cuisine et renversa un petit pot en céramique.

À l'intérieur ? Un bout de papier déchiré.

Margaret tressaillit.

Annabel le récupéra. Une page d'un journal intime ?

« Graham ne s'arrêtera pas. Béatrice n'était que le début. Il va tout gâcher. »

Les yeux d'Evie s'écarquillèrent. « Donc, il y avait quelque chose avec Béatrice. »

Margaret hocha la tête, des larmes coulant maintenant sur sa joue en silence.

« Ils avaient une relation. Tranquille. Compliqué. Elle est partie après que quelque chose ait mal tourné. Je n'ai jamais su toute l'histoire, seulement que Graham a blâmé Alistair. Et quand elle a été appelée à témoigner... Alistair *paniqua.* »

Annabel se pencha vers l'intérieur. « Graham l'a-t-il tué ? »

Margaret secoua la tête.

« Je ne sais pas. Mais je sais que Graham *voulait le confronter à la foire.* Dire... Il avait quelque chose qui allait mettre fin à tout. »

« Et vous ? » demanda doucement Annabel. « Aviez-vous quelque chose à protéger ? »

Margaret leva les yeux, brisée mais sans honte.

« Seulement ce en quoi je croyais. Jusqu'à ce qu'il se brise. »

***

Elles sont parties en silence.

Perséphone s'arrêta à la porte, battant une fois de la queue.

Evie murmura : « Elle n'est pas coupable. Mais elle n'est pas innocente non plus. »

Annabel regarda vers le parc herbeux du village.

« Alors nous ferions mieux de trouver la personne qui l'est. »

Chapitre 13

L'hippodrome de Firling Downs n'était pas charmant.

Ça sentait la bière éventée, le gazon humide et les oignons frits - et les parieurs allaient de pros usés en casquettes de tweed aux locaux plissant les yeux sur les billets de course comme s'ils essayaient de décoder d'anciennes runes.

Annabel, Evie et Perséphone (introduites clandestinement via un sac à main déterminé) se sont frayées un chemin à travers la petite foule du samedi vers le stand de nourriture près de l'enclos - où une silhouette familière voûtée était affalée sur un plateau de cosses et de sauce en polystyrène.

Graham Forsyth.

***

Il leva les yeux avant qu'elles ne parlent.

« Je pensais que vous me retrouveriez. »

Annabel était assise à côté de lui sur le rebord bas de briques. « Nous avons des questions. »

« Je ne suis pas surpris. » Il a pris un chip. « Vous voulez savoir si j'ai tué mon frère. »

Evie a dit : « Nous voulons savoir ce que vous ne nous dites pas. »

***

Graham a regardé la piste pendant un long moment.

« J'ai quitté le village vendredi après-midi, » a-t-il dit. « J'ai pris le train. J'ai passé la nuit à Mickleham avec un vieux pote - Freddy Lowes. Il a une vidéosurveillance sur son porche et une livraison de pizza horodatée à 20h12. »

Annabel leva un sourcil. — Et le lendemain matin ?

« Nous n'avons pas quitté la maison avant dix heures. Il regardait les premières courses depuis son canapé. J'ai des reçus de paris horodatés de l'application. Vous les voulez ? »

Evie hocha lentement la tête. « Donc, vous n'auriez pas pu trafiquer le thé. »

« Je n'ai pas touché à sa tasse, à ses herbes, à sa collection de fleurs foutues. La dernière fois que j'ai vu Alistair, c'était il y a trois semaines. Et oui, nous avons crié. Je voulais qu'il dise la vérité. Mais je ne l'ai pas tué. »

***

Annabel a tendu la photo.

« Parlez-moi de Béatrice. »

Graham tressaillit.

« Il l'a ruinée, » dit-il doucement. « Il l'a gazée, lui a fait croire qu'elle était paranoïaque. Elle l'a surpris en train de déchiqueter les résultats des tests. Elle l'a confronté. »

« Que s'est-il passé ? »

« Il l'a qualifiée d'instable. Je l'ai fait muter. Puis l'a exclue de trois cliniques. »

Evie fronça les sourcils. « « Mais elle a témoigné contre lui ? »

Graham hocha la tête. « Elle a utilisé un nom différent. Bea Holloway. D'après le nom de jeune fille de sa mère. Elle a tout dit au conseil. Mais c'était scellé. Un arrangement tranquille. Elle a disparu des radars. »

Les yeux d'Annabel s'aiguisèrent. « Jusqu'à maintenant ? »

Graham hocha la tête. « Elle m'a contacté. Elle a dit qu'elle pensait revenir. Elle voulait tourner la page. Elle a dit qu'elle pourrait même parler à un journaliste. »

« Alistair le savait-il ? »

« Je pense qu'il *soupçonnait*. Il était sur les nerfs. Nettoyage des fichiers. Paniqué. »

***

Annabel s'assit.

« Pensez-vous que quelqu'un l'a tué pour le protéger ? »

Graham a ri – amer et fêlé. « Personne n'a jamais protégé Alistair. Pas vraiment. Les gens le laissaient simplement mentir. Et parfois, c'est pire. »

***

Ils ont laissé Graham les yeux fixés sur la piste.

Perséphone trottait à côté d'eux, silencieuse, pensive.

Evie parla la première. « Alors... Il n'est pas notre tueur. »

Annabel soupira. « Non. Mais il aurait pu tuer quelqu'un d'autre. »

Evie cligna des yeux. « Béatrice ? »

Annabel hocha la tête. « Si elle revenait... Quelqu'un aurait peut-être voulu l'arrêter aussi. »

Chapitre 14

La clinique était fermée pour l'après-midi. Une pancarte imprimée sur la porte indiquait « Formation du personnel, » mais Annabel et Evie savaient toutes les deux que c'était un code pour quand Dr. Graves veut que tout le monde parte.

Ce qui en faisait le moment idéal pour frapper.

Perséphone, naturellement, s'est faufilée avant que la porte ne se soit complètement ouverte.

Le Dr Graves n'avait pas l'air surpris de les voir.

« Je me demandais quand vous reviendriez. »

Annabel entra calmement. « Nous avons besoin de plus. »

Il fit un geste vers les chaises en face de son bureau. La pièce sentait encore légèrement la menthe et l'antiseptique – trop propre pour une véritable tranquillité.

***

« Nous avons identifié Béatrice, » commença Annabel. « Elle utilise le nom de Bea Holloway. Nous savons qu'elle a témoigné. Vous devez le savoir aussi. »

Graves joignit les mains. « Son nom a été expurgé dans la version que vous avez vue. J'avais le dossier complet. »

Evie plissa les yeux. — Et vous n'avez pas pensé à nous le dire ?

« Ce n'était plus pertinent pour l'enquête du conseil. Elle a disparu après l'audience. Pas de contact de réexpédition. Personne ne l'a vue depuis près de deux ans. »

Annabel se pencha vers l'intérieur. « Avez-vous regardé ? »

Graves cligna des yeux. « Non. »

« Alors vous l'avez sous-estimée. Elle avait l'intention de revenir. »

Cela l'a pris au dépourvu. Sa posture changea légèrement. « Comment le savez-vous ? »

Evie sourit. « Oh, vous savez. Comme le font les femmes – via des miettes de pain, des chats et des ex-petits amis furieux. »

***

Annabel changea de ton.

« Nous voulons parler de la femme d'Alistair. Delia Forsyth. Décédée il y a deux ans. Signalée comme causes naturelles. Pas d'autopsie. »

Un long silence.

« Elle avait été malade, » a finalement déclaré Graves. « Complications auto-immunes. »

« Lui faisait-elle confiance ? » demanda Annabel.

Graves n'a pas répondu.

Evie : « Lui faisais-tu confiance ? »

Graves hésita, puis se leva. Déplacé vers l'étagère.

De derrière une rangée de journaux, il sortit une enveloppe scellée, non marquée, épaisse.

Il le posa sur le bureau.

« Ceci... n'a pas été inclus dans le rapport du conseil. Il a été laissé anonymement dans mon cabinet de clinique il y a un mois. Pas de nom. Juste une note qui disait : '*Il l'a déjà fait.*' »

Annabel ouvrit l'enveloppe.

À l'intérieur étaient une copie de l'historique des ordonnances de Delia Forsyth, ses notes de patients (certaines avec des lacunes inquiétantes), une note d'une écriture tremblante : *elle ne voulait pas des pilules. Elle a arrêté de les prendre. Mais il a continué à pousser.*

✳✳✳

Evie murmura : « Pensez-vous qu'il l'a empoisonnée ? »

Graves ne dit rien. Mais il ne l'a pas nié.

✳✳✳

« Et qui d'autre ? » Annabel insista. « Vous avez vu les dossiers. J'ai parlé au personnel. Qui d'autre le haïssait ? »

Graves s'assit de nouveau. « Tout le monde ne le détestait pas. Certains le craignaient. Certains dépendaient de lui. Mais... »

Il en sortit un autre papier.

« Il y a eu une plainte d'un ancien membre du personnel. Un nom que vous reconnaîtrez peut-être. Maggie Cooke. »

Annabel leva brusquement les yeux. « La boulangère ? »

« Elle l'était, » a déclaré Graves. « Aujourd'hui, elle tient le magasin de fleurs. Elle a dit qu'elle avait besoin de quelque chose de plus calme. »

Il s'arrêta. « Les gens trouvent leur propre façon de guérir, je suppose. »

« Avant, elle était aide-soignante. Elle a travaillé avec Alistair lorsqu'il rendait visite à des personnes âgées. Elle avait déposé une plainte... puis l'a retirée. »

Annabel se pencha en arrière. « Pourquoi la rétracter ? »

Graves plia les papiers. « Il avait une façon de faire en sorte que les gens se sentent petits. Stupide. Suractif. Surtout les femmes. »

La voix d'Annabel se tut. « Alors, tout ce village a été formé pour l'excuser. »

Perséphone sauta sur le bureau, regarda Graves et poussa un grognement sourd.

***

Dehors, les nuages s'amoncelaient.

À l'intérieur, la tempête avait déjà commencé.

Chapitre 15

L'odeur les a frappés avant que la cloche ne le fasse – un tourbillon enivrant de lys, d'eucalyptus et de quelque chose de légèrement citronné qu'Evie a immédiatement soupçonné d'être « un savon qui en fait trop ».

La fenêtre indiquait :

Cooke & Vine – Des fleurs pour chaque saison

... écrits en boucle dorée, Annabel était presque sûre que Florence Cattermole détesterait.

Lorsqu'elles entrèrent, Evie murmura : « L'année dernière, elle glaçait des cupcakes et menaçait quiconque disait que ses tartes aux amandes étaient sèches. »

Annabel sourit. « Elle était dans le coma, Evie. Certaines personnes se lancent dans la tenue d'un journal. Maggie s'est mise à la fleuristerie. »

Evie haussa les épaules. « Traumatismes et bégonias. Ça pourrait être pire. »

****

À l'intérieur, Maggie Cooke était plongée jusqu'aux coudes dans des roses blanches et un meunier poussiéreux, nouant des rubans avec une concentration qui aurait pu désamorcer une bombe. La boutique était chaleureuse, remplie de jazz doux et d'un chaos à peine contrôlé – des vases en verre tintaient faiblement et quelqu'un avait de nouveau trop arrosé les fougères.

« Si vous êtes ici pour des pivoines de dernière minute en mars, » a déclaré Maggie sans lever les yeux, « épargnez-nous tout le drame. »

Annabel s'avança. « Pas des fleurs. Juste la vérité. »

***

Maggie ne broncha pas, mais le ruban qu'elle tenait à la main se déchira.

Elle se redressa lentement, essuyant son tablier, les yeux se posant brièvement sur Perséphone, qui avait sauté sur le comptoir et regardait une jardinière en céramique en forme de canard comme si elle lui devait de l'argent.

« J'ai pensé que quelqu'un viendrait frapper à la porte. »

Evie jeta un coup d'œil autour d'elle. « Je ne pensais pas que ce serait dans un magasin de fleurs, pour être honnête. Tu avais l'habitude de cuisiner. »

Maggie eut un sourire fatigué. « La farine a commencé à me donner des flashbacks. »

La voix d'Annabel était douce. « Alors, vous avez changé de cap. »

« Ouais, » a dit Maggie. « La pâtisserie était bruyante. Les fleurs ne crient pas quand les choses tournent mal. »

***

Annabel posa le billet sur le comptoir.

L'écriture tremblante. Le poids de l'implication.

Elle ne voulait pas des pilules. Elle a arrêté de les prendre. Mais il a continué à pousser.

« Vous avez déjà vu cela, » a déclaré Annabel. « N'est-ce pas ? »

Maggie hocha la tête. « Épinglé au fond de l'armoire à pharmacie de Delia. Je l'ai trouvé lors d'une visite à domicile. Je ne pensais pas que quelqu'un d'autre l'avait remarqué. »

« Vous avez porté plainte, » a déclaré Annabel. « Puis vous l'avez rétracté. »

« Parce que le lendemain, ma mère, qui avait besoin d'une ordonnance d'urgence, s'est soudainement retrouvée au bas de la liste des patients. Délibérée ou non, Margaret a transmis le message avec un sourire et un 'peut-être avez-vous mal compris' ».

Evie grimaça. « C'est calculé. »

Maggie baissa les yeux. « C'était de la protection. Elle pensait qu'elle maintenait tout à flot. Ou peut-être simplement le maintenir à flot. »

***

« Connaissiez-vous Bea Holloway ? » demanda Annabel.

Maggie tressaillit, juste légèrement. « Tout le monde connaissait Bea. Intelligente. Courageuse. Trop bien pour l'endroit. »

« Elle est partie ? »

« Elle a disparu. Après avoir trouvé quelque chose. Je n'ai jamais su quoi, juste que cela l'a secouée. Elle a dit : 'Ils ont enterré Delia. Ils vont enterrer ça aussi.' » Puis elle a disparu. »

Evie se pencha. « Mais elle vous a dit qu'elle allait au conseil d'administration ? »

« Oui. Ensuite, je n'ai plus jamais entendu parler d'elle. »

***

Perséphone a choisi ce moment pour faire tomber la jardinière de canard du comptoir.

Il a heurté le sol. Brisé.

Maggie n'a pas bronché.

Evie a marmonné : « Elle est tellement dramatique ces derniers temps. »

Annabel, qui regardait toujours Maggie, dit doucement : « Et qui d'autre aurait pu savoir ce que Bea a trouvé ? »

Maggie prit une inspiration. « Peut-être Colin Denby. Il avait l'habitude de jardiner pour les Forsyth. Il était silencieux, mais il voyait des choses. »

« Comme quoi ? »

« Comme Delia parlant aux oiseaux. Ou pleurant dans les parterres de roses. Comme la façon dont ses prescriptions ont changé, même quand elle n'a pas changé. »

Annabel hocha lentement la tête. « C'est Colin, alors. »

***

Elles sont parties sans un mot de plus.

Alors que la porte se refermait derrière eux, Evie a dit : « Alors, Maggie n'est pas une tueuse. »

Annabel regarda devant elle, pensive. « Non. Mais elle a vu les racines. Elle ne pouvait tout simplement pas arrêter la floraison. »

Perséphone a donné un coup de queue une fois, comme un point final sur une phrase que personne ne voulait terminer.

Chapitre 16

Le chalet de Colin Denby se trouvait à l'extrémité de Little Firling, caché derrière un bosquet de vieux noisetiers et de coings en fleurs. Le genre d'endroit dont la plupart des villageois avaient oublié l'existence – et c'était exactement comme ça que Colin l'aimait.

Annabel, Evie et Perséphone suivirent le chemin usagé jusqu'à sa porte tordue, où un panneau en bois sculpté indiquait : « Marchez doucement – Les racines se souviennent ».

Evie a marmonné : « Ce n'est pas effrayant du tout. »

***

Colin a ouvert la porte portant un pantalon taché de boue et un pull qui avait connu des décennies meilleures. Ses cheveux, comme la mousse sur sa clôture, n'étaient pas dérangés par le temps ou la coupe.

« Mesdames, » a-t-il dit, clignant lentement des yeux. « Et Mlle Perséphone. »

La chatte, bien sûr, entra la première.

***

Sa maison sentait le thym séché, les vieux livres et la tourbe. Le salon avait plus de plantes que de chaises. Une théière fumait tranquillement à côté d'un puzzle à moitié achevé d'une ruine antique envahie par le lierre.

« Qu'est-ce qui vous amène dans mon coin envahi par la végétation ? » demanda-t-il en versant du thé dans des tasses dépareillées.

Annabel a montré la photo – Alistair, Graham et Bea.

« Nous savons qu'elle a utilisé le nom de Bea Holloway. Nous pensons que vous la connaissiez. »

Colin baissa les yeux sur la photo, puis sur Perséphone.

« Elle avait l'habitude de s'asseoir juste là, » a-t-il dit, en montrant le rebord de la fenêtre. « Elle a dit que la lumière l'avait rendue honnête. »

Evie demanda doucement : « Vous a-t-elle écrit ? »

Colin n'a pas répondu. Mais Perséphone a sauté sur une étagère voisine et a commencé à frapper une rangée de vieux journaux de jardinage.

Bourrade. L'un d'eux est tombé au sol.

À l'intérieur : une lettre.

***

Annabel l'ouvrit.

Manuscrit. Plié deux fois. Daté deux semaines avant la foire.

Colin

J'ai décidé. Je reviens. Je ne peux pas le laisser mourir en pensant qu'il a gagné. Si je

La voix d'Annabel était ferme. « Tu n'en as parlé à personne ? »

Les mains de Colin tremblaient légèrement. « Elle m'a fait confiance. Elle a dit qu'elle avait besoin d'une semaine pour rassembler des preuves. Je ne voulais pas trahir ça. »

Evie fronça les sourcils. « As-tu dit à Alistair qu'elle arrivait ? »

« Non. Mais je pense que Margaret le savait. D'une manière ou d'une autre. Elle savait toujours des choses qu'elle ne devrait pas. »

***

Annabel regarda de nouveau la lettre. « Pourquoi avait-elle si peur ? »

Colin regarda dans son thé.

« Parce qu'elle savait ce qui était arrivé à Delia. Et elle savait qu'Alistair n'avait pas fini de cacher des choses. »

Un long silence.

« J'étais censé la rencontrer. Le lendemain matin de la foire. Elle ne s'est jamais montrée. »

***

Dehors, le vent s'est levé.

À l'intérieur, Perséphone se pelotonnait près de l'âtre froid, les yeux mi-clos, comme si elle venait de résoudre l'affaire et attendait que tout le monde la rattrape.

Chapitre 17

Le Lièvre et le limier était plus silencieux que d'habitude, mais non moins curieux.

Les banderoles de la foire du jardin s'affaissaient encore dans un coin, quelques pétales éparpillés sur l'âtre. Un feu brûlait bas, et les commérages brûlaient plus haut.

Annabel et Evie se glissèrent dans leur cabine habituelle avec un signe de tête discret à Henry Griggs, le barman, qui versa leurs boissons sans demander.

Perséphone bondit à côté d'eux, ignora cette fois le pâté de sardines, et se percha comme un interrogateur attendant le prochain suspect.

« Tu peux le sentir, » murmura Evie. « Tout le monde est nerveux. »

Annabel hocha la tête. « Nous devons simplement les laisser parler. »

TABLE UN : Florence Cattermole, toujours aussi affûtée.

« Vous me demandez, Margaret est à peine sortie de la maison depuis la foire. Garde ses rideaux fermés toute la journée. Ce qui est suspect, *à moins qu'elle n'ait quelque chose d'hideux qui fleurit dans son jardin.* »

Evie murmura : « Ou une conscience. »

***

TABLE DEUX : Sasha, penchée sur son cidre.

Sasha Eldridge était assise seule, retournant un sous-verre, son genou rebondissant.

Henry s'approcha d'elle avec un verre. Elle leva les yeux.

« Merci, » murmura-t-elle. « Même si je suis hors de la rotation. »

Il a fait un petit sourire. « La clinique n'est pas la même sans votre rage chuchotante. »

Sasha souffla. « Ce n'est pas de la rage. C'est un traumatisme refoulé et le sevrage de la caféine. »

Elle s'arrêta.

Puis elle ajouta tranquillement : « Vous savez, il avait l'habitude de confondre les ordonnances quand Margaret n'était pas là. Je les corrigeais toujours. Mais si je n'avais pas... Je me demande combien de personnes auraient été blessées. »

Annabel et Evie échangèrent un regard.

« L'as-tu jamais signalé ? » a demandé Evie.

Sasha jeta un coup d'œil autour d'elle. « Non. Parce que Margaret dirait que j'exagérais. Et elle *dirigeait* cet endroit. Pas Alistair. Pas même le tableau. C'était *sa* clinique. »

✳✳✳

TABLE TROIS : Colin, étonnamment bavard maintenant.

Il les fit signe de s'approcher avec un verre de vin de bière de gingembre.

« Je me suis souvenu de quelque chose, » a-t-il dit doucement. « Jour de la foire. J'ai vu Margaret de bonne heure, avant l'ouverture. Elle se dirigeait vers le parc herbeux, portant quelque chose dans une bouteille thermos. »

Annabel cligna des yeux. « Un thermos ? »

« Elle a dit que c'était un tonique spécial. Pour la « tente d'invités, » mais elle est passée complètement devant la tente.

Evie se pencha. « Où est-elle allée ? »

« Vers le stand de thé. »

***

Silence. Grave. Confirmant.

Perséphone cligna lentement des yeux.

***

En partant, Evie murmura : « Sasha corrige les erreurs d'Alistair, Margaret passe outre le bâton et Colin l'a vue avec *le thermos.* »

La mâchoire d'Annabel se serra. « Elle ne savait pas seulement ce qu'Alistair faisait. »

« Elle a essayé d'empêcher qu'il ne soit exposé. »

Perséphone miaula.

« Elle *a tué* pour protéger un mensonge. »

Chapitre 18

Le jardin derrière la maison de Margaret Coombes était encore trop parfait.

Même le vent n'a pas pu ébranler les haies. Les lavandes se dressaient comme des soldats. Mais aujourd'hui, les fleurs ne réconfortent pas, elles regardent.

Annabel sonna.

Evie croisa les bras.

Perséphone se blottit sur le mur de pierre, sans cligner des yeux.

Margaret ouvrit la porte vêtue de son cardigan habituel, ses cheveux tirés en une torsion soignée. Mais ses yeux semblaient fatigués, comme si elle avait été debout toute la nuit à attendre ce moment précis.

« Vous venez m'accuser, alors ? »

Annabel n'a pas cligné des yeux. « Nous sommes venues pour la vérité. »

Margaret s'écarta.

***

À l'intérieur, le thé était déjà en train d'infuser.

« Camomille ? » Offrit Margaret.

Evie regarda la tasse comme si elle faisait tic-tac. « Passe difficile. »

Ils s'assirent à la petite table. Margaret prit sa tasse mais ne sirota pas.

***

Annabel posa un dossier sur la table.

« Sasha nous a parlé des erreurs de prescription. Sur la façon dont vous avez fait fonctionner la clinique. Pas Alistair. »

Margaret ne dit rien.

« Colin vous a vu le matin de la foire. Avec un thermos. »

Toujours rien.

« Vous lui avez dit que c'était pour la tente des invités. Mais vous n'y êtes jamais allée. Tu es allée au stand de thé. »

Margaret posa sa tasse. Le moindre tremblement dans sa main.

Evie se pencha en avant. « Était-ce du poison ? Ou des médicaments dont il n'avait pas besoin ? »

Margaret ferma les yeux.

« C'était de la belladone. »

Silence.

Même la bouilloire sur la plaque de cuisson semblait s'arrêter.

***

« Il n'était pas censé mourir, » a finalement dit Margaret, la voix brisée. « Dormir tout au long de la foire. Manquer son discours. Retarder le scandale. »

La voix d'Annabel était basse. « Vous vouliez le protéger. »

« Je voulais protéger l'*idée* qu'on se fait de lui, » murmura Margaret. « Le médecin qui m'a sauvé. L'homme qui s'est battu contre le conseil. Qui l'a maintenu pendant que tout autour de lui pourrissait. »

Elle ouvrit les yeux.

« Mais il a changé. Après Delia. Après Bea. Il a commencé à faire taire tout ce qui le menaçait. Et quand j'ai appris que Bea revenait... »

Annabel l'a terminé pour elle. « Vous avez paniqué. »

Margaret hocha la tête. « Il a dit qu'il s'en occuperait. Et je l'ai cru. Jusqu'à ce que je voie l'enveloppe qu'elle a envoyée, non ouverte, dans sa poubelle. Il n'a jamais eu l'intention d'écouter. Il allait l'enterrer. Encore une fois. »

****

Evie a pris la parole. « Alors, tu as préparé le thé. »

« J'ai mis juste assez de belladone pour le rendre groggy. Rien de fatal. Je le jure. »

Annabel la regarda fixement. « Mais c'était le cas. »

Margaret déglutit. « Il avait un problème cardiaque. Un que je ne connaissais pas. Il... a tout accéléré. »

« Tu étais son infirmière, » a dit Evie. « Tu aurais dû le savoir. »

Margaret la regarda, les yeux brillants.

« J'ai arrêté d'être son infirmière il y a longtemps. Je n'étais que l'ombre qui détenait ses secrets. »

***

Dehors, un rouge-gorge gazouillait comme s'il ne savait pas que le monde avait changé.

Perséphone sauta du mur et gratta une fois à la porte. Puis elle s'est assise. Attendant.

« Allez-vous me dénoncer ? » demanda Margaret.

Annabel se leva.

« Tu l'as déjà fait. »

Les mains de Margaret étaient maintenant serrées sur ses genoux, le thé intact.

« Il a ruiné tout ce qu'il a touché. Pas tout à la fois, mais à petits égards. D'une façon silencieuse. »

Annabel demanda doucement : « C'est ce qui s'est passé avec Bea ? »

Margaret hocha la tête. « Elle voulait croire que le système fonctionnerait. Que le conseil d'administration écouterait. Mais quand ils ne l'ont pas fait... Elle s'est effondrée. La seule personne qui l'a gardée les pieds sur terre était Ivy. »

Annabel cligna des yeux. « Ivy Gresham ? »

« Elles étaient proches. C'est Ivy qui lui a dit de partir. Elle lui a dit qu'elle arroserait son jardin jusqu'à ce qu'elle soit assez forte pour revenir. »

Evie plissa les yeux. « Ivy savait-elle ce que tu avais prévu ? »

Margaret fronça les sourcils. « Non. Je ne le lui ai jamais dit. »

Annabel s'arrêta.

Perséphone aussi.

Une ombre se déplaçait dans le jardin
de Margaret.

Chapitre 19

Le soleil était pâle lorsqu'ils atteignirent le cottage d'Ivy Gresham, une douce lueur dorée filtrée à travers les derniers nuages du printemps.

Son jardin fleurissait dans un chaos silencieux.

Achillée millefeuille, sauge, valériane, grande camomille. Des choses avec de beaux noms et des utilisations plus sombres.

Annabel, Evie et Perséphone se tenaient à la porte.

Ivy était déjà dans les parterres d'herbes aromatiques, coupant quelque chose pour le mettre dans un large panier de paille.

« Bonjour, » a-t-elle dit sans se retourner. « Je pensais que vous viendriez. »

Elles marchaient lentement à travers les rangées. L'air sentait la mélisse et la terre humide.

Perséphone s'avança le long du sentier, puis s'arrêta brusquement, le regard fixé sur une parcelle de hautes tiges vertes près de la clôture arrière.

Digitale.

Pourpre. Tête lourde. Floraison forte.

Annabel s'arrêta à côté d'elle. « C'est inhabituel pour votre jardin. »

Ivy ne leva pas les yeux. « Pas vraiment. Il prospère à l'ombre. »

***

La voix d'Evie était calme. « Margaret dit que vous étiez proche de Bea. »

« Je le suis toujours. Nous nous écrivons. »

Annabel s'avança. « Vous saviez qu'elle revenait. »

Ivy coupa un brin d'absinthe. « Elle avait pris sa décision. »

« Alors pourquoi ne l'as-tu pas laissée finir ? »

C'est alors qu'Ivy leva les yeux.

Son visage était calme. Non coupable. Pas sur la défensive. Juste... encore. « Parce qu'elle n'en avait pas besoin. »

****

« Tu as glissé la digitale dans le thé, » a
dit Annabel.

« Je l'ai fait. »

« Pourquoi ? »

Ivy se leva lentement, s'essuyant les
mains sur son tablier.

« Parce que le plan de Margaret ne
fonctionnerait pas. Alistair ne voulait pas
dormir. Il s'adapterait. Il tournait en rond.
Il écraserait à nouveau Bea, comme avant.
Et elle se brisait à nouveau. »

La voix d'Evie était rauque. « Alors, tu
l'as tué pour elle ? »

Ivy les regarda, le vent attrapant l'ourlet
de sa robe, la digitale se balançant derrière
elle.

« Je l'ai tué pour ce qu'il avait déjà fait.
Et pour ce qu'il aurait fait à nouveau. Je

connaissais le dosage. Je l'ai mesuré avec précision. C'était propre. Rapide. Silencieux. »

Annabel s'approcha. « Bea ne savait pas. »

« Bien sûr que non. C'est elle qui dit la vérité. Je suis l'arracheur de mauvaises herbes. »

***

Perséphone se dirigea vers les pieds d'Ivy et s'assit. la queue enroulée comme un point d'interrogation.

Ivy baissa les yeux.

« Je ne le regrette pas, » dit-elle doucement. « Vous pouvez dire à la police si c'est votre prochaine étape. »

Annabel n'a pas répondu tout de suite.

Elle regarda la digitale. Au jardin. À la femme qui a sauvé son amie de la manière la plus définitive possible.

Puis elle dit :

« Je pense que certaines choses prospèrent à l'ombre parce qu'elles n'ont pas le choix. »

Épilogue

Le printemps avait fait place au début de l'été, et le Honeystone Cottage était maintenant complètement réveillé : la rose grimpante New Dawn se levait à mi-hauteur du treillis, la rose Desdemona brillait près de la porte de la cuisine et la rose Double Delight s'ouvrait comme si elle venait de se rappeler qu'elle était la plus belle chose du jardin.

Annabel s'agenouilla dans le parterre d'herbes aromatiques, glissant doucement un brin de fenouil bronze à côté de la citronnelle.

« Tu es dramatique, » lui murmura-t-elle. « Tu t'entendras bien avec la chatte. »

Perséphone, comme si elle avait été convoquée, s'étendit sur le rebord de la fenêtre avec un flair théâtral, puis cligna des yeux vers une abeille comme si elle était sous elle.

***

À l'intérieur, la bouilloire était allumée. Evie était à la table, feuilletant le dernier numéro de *Jardinage anglais pour ceux qui sont légèrement suspicieux.*

« Margaret a donc déménagé dans le Devon. Retraite par l'exil ? »

Annabel hocha la tête. « Elle a dit qu'elle voulait faire pousser des pois de senteur et ne parler à personne pendant trois ans. Raisonnable. »

« Et Bea ? »

Annabel sourit. « Bea reste dans les Cotswolds pour l'instant. Écrire à nouveau. Ivy lui envoie des herbes séchées dans des sachets bruns non étiquetés et des notes manuscrites qui pourraient être soit des recettes, soit des avertissements codés. »

Evie gloussa. « Thérapeutique. »

« Potentiellement criminel, » a déclaré Annabel en versant du thé. « Mais très thérapeutique. »

***

Elle s'installa dans son fauteuil et jeta un coup d'œil vers la fenêtre, où le soleil frappait la digitale juste derrière le muret de pierre.

Oui, elle en avait planté une.

Une seule.

Et seulement à l'ombre profonde.

Evie leva un sourcil vers elle. « Tu sais, tu n'as pas cité un seul auteur pendant tout ce temps. »

Annabel cligna des yeux. « Ne l'ai-je pas fait ? »

Perséphone lui lança un regard critique.

Annabel sirota son thé.

« Très bien, s'il faut y remédier... ' *Avec le temps, nous haïssons ce que nous craignons souvent.* '»

Evie sourit. « Shakespeare ? »

Annabel hocha la tête. « Troïlus et Cressida. »

« Très maussade de ta part. »

« Je suis dans mon arc d'héroïne tragique. Laisse-moi l'être. »

***

La cloche de l'église a sonné une fois. Quelqu'un a taillé une haie avec trop d'enthousiasme dans l'allée. Quelque part, les abeilles ont continué à travailler comme si de rien n'était.

Et au milieu de tout cela, Perséphone clignait lentement des yeux – comme pour dire : *jusqu'à la prochaine fois.*

À venir bientôt dans Un mystère Little Firling...

Meurtre sous le lustre de la salle de bal
Un mystère Little Firling – Livre trois

Un gala élégant. Un héritage disparu. Une duchesse qui tombe morte avant le dessert.

Lorsqu'Annabel Lennox Deighton est invitée à Everly House pour un bal opulent du patrimoine, elle s'attend à des roses, du champagne et des potins doux.

Elle ne s'attend pas à un meurtre sous un lustre.

Mais dans Little Firling, rien ne reste brillant longtemps...